I0641686

444

Wunsch-Träume

&

Traum-Wünsche

(1. Teilband: 194 Wunsch-Träume)

Carin Reiterer   Carin Reiterer Verlag

Bibliografische Information Der Deutschen Bibliothek

Die Deutsche Bibliothek verzeichnet diese Publikation
in der Deutschen Nationalbibliografie; detaillierte
bibliografische Daten sind im Internet über
http://dnb.ddb.de abrufbar.

Originalausgabe
Copyright © 2011 by Carin Reiterer
Umschlaggestaltung: Carin Reiterer
Satz: Carin Reiterer
Printed in Germany
ISBN 978-3-9811541-9-1
Herstellung: Books on Demand GmbH, Norderstedt

1. Teilband:
194 Wunsch-Träume

-50 Sonnen-Blumen
-44 Glücks-Bringer
-50 Klang-Farben
-50 Freuden-Tränen

50 Sonnen-Blumen

50 Gedanken
für die
sonnigen Stunden
des Lebens
-eingefangen in
 50 Sonnen-Blumen...

Du Liebe I

Du Liebe

bist so
unberechenbar und gefährlich
bist dennoch
klar und ehrlich

bist so
traurig und auch schön
dir ist so schwer
zu widersteh'n

mit deiner Wärme
und deiner Kühle
bist du einfach
das schönste der Gefühle

überdauerst
Zeit und Raum
bist des Lebens
schönster Traum

bist so
verführerisch und zärtlich
und machst
uns Sterbliche unsterblich

du Liebe

Unser Weg

Du	Schritt
gehst	für
mir	Schritt
entgegen	und
Stück	Stück
für	für
Stück	Stück
und	gehe
Schritt	ich
für	dir
Schritt	entgegen

Schöner als gestern

Alles
ist
wie
gestern
...nur
  schöner,
  seit
  du
  bei
  mir
  bist!

Melodie der Liebe

Komm
zu
mir
und
spiel
mit
mir
die
Melodie
der
Liebe

Spielen

Ich
spiele
meine
Melodie
nach
deinen
Noten

Erste Geige

Lass
mich
die
erste
Geige
spielen
im
Orchester
deines
Lebens

Alle Saiten

Du
bringst
in
mir
alle
Saiten
zum
Schwingen

Du
bringst
in
mir
alle
Saiten
zum
Klingen

Du Liebe II

Du Liebe

man
darf
nicht
achtlos
an
dir
vorübergeh'n
lass
das Wunder
gescheh'n

du Liebe

Du Liebe III

Du Liebe

bist mal
überschwänglich
und mal
verfänglich

bist so
unglaublich gigantisch
und so
hoffnungslos romantisch

du Liebe

Meine innere Stimme

Hörst
du
meine
innere
Stimme
lautlos
dich
rufen

Ruf meines Herzens

Ich
sehne
mich
so
nach
dir
hörst
du
nicht
dass
mein
Herz
nach
dir
ruft

Viel mehr

Zusammen
sind
wir
mehr
als
zwei

Viel viel mehr

Ohneeinander
sind
wir
viel

Miteinander
sind
wir
viel
mehr

Aufgetaucht

Du
bist
aufgetaucht
aus
dem
Nichts
und
ich
hoffe
du
hältst
was
du
mir
versprichst

Kuss der Muse

Ich
lege
dir
mein
Herz
zu
Füßen

Lass
mich
dich
als
deine
Muse
küssen

Wahres Gesicht

Tritt
aus
dem
Schatten
in
das
Licht
und
zeig
mir
dein
wahres
Gesicht

Spiegelbild meiner Seele

Du
bist
das
Spiegelbild
meiner
Seele
denn
ich
erkenne
mich
in
dir

Du Liebe IV

Du Liebe

unendlich
traurig
unendlich
schön

ich wünschte
du würdest
nie
vergeh'n

du Liebe

Du Liebe V

Du Liebe

bist
so traurig
und
so schön

ich weiß
du wirst
niemals
vergeh'n

du Liebe

Magisch angezogen

Du	Du
ziehst	ziehst
mich	mich
nur	nur
durch	durch
deine	deine
Blicke	Blicke
an	in
dich	deinen
heran	Bann
ich	ich
fühle	fühle
mich	mich
magisch	magisch
angezogen	angezogen
von	von
dir	dir

Der Moment

Meine
Sicht
auf
die
Welt
ändert
sich
in
dem
Moment
in
dem
du
mich
anlächelst

Schneller

Die
Welt
dreht
sich
schneller
seit
du
bei
mir
bist

Schwer und leicht

Ich
fühle
mich
schwer
und
leicht
zugleich

Visionen der Liebe

Durch
dich
werden
sie
wahr
meine
Visionen
der
Liebe

Gezeiten der Liebe

Gefühle
kommen
und
gehen
wie
Ebbe
und
Flut

Endlos

Mein
Herz
spricht
Bände
ich
liebe
dich
ohne
Ende

Verschrieben (für immer)

Mein
Herz
hat
sich
dir
für
immer
verschrieben
denn
ich
werde
dich
für
immer
lieben

Du Liebe VI

Du Liebe

bist
mal warm
und
mal kühl

bist
ganz
einfach
das schönste Gefühl

du Liebe

Du Liebe VII

Du Liebe

bist
mal warm
und
mal kühl

und
doch
so viel mehr
als ein Gefühl

du Liebe

Nah und fern

Manchmal
bist
du
mir
so
nah
und
scheinst
doch
so
unerreichbar
fern

Verirrt und verwirrt

Ich
habe
mich
in
deinem
Leben
verirrt
und
finde
nicht
mehr
hinaus

Ich
bin
völlig
verwirrt
und
weiß
gar
nicht
mehr
ein
noch
aus

Ratlos

Ratlos
stehen
wir
hier
und
fragen
uns
wo
unsere
Liebe
geblieben
ist

In deinem Schatten

Meinen
eigenen
Weg
gehen
nie
mehr
in
deinem
Schatten
stehen

Alles und nichts

Du
gibst
mir
alles
und
auch
wieder
nichts

Verbrannt

Ich
habe
mich
verbrannt
an
deiner
Kälte

Gelöst und erlöst

Ich
habe
mich
gelöst
von
dir
und
fühle
mich
erlöst
von
dir

Erlöst, losgelöst und schwerelos

Ich
fühle
mich
erlöst
endlich
losgelöst
von
dir
so
schwerelos

Du Liebe VIII

Du Liebe

geh noch nicht
bleib noch
ein wenig
bei mir

du Liebe

Du Liebe IX

Du Liebe

wohin bist du nur
gegangen
du fehlst mir so sehr
ich warte auf dich

du Liebe

Kurz und schmerzhaft

Meine
Liebe
zu
dir
war
kurz
und
schmerzhaft

Lang und schmerzhaft

Meine
Trennung
von
dir
war
lang
und
schmerzhaft

Verlaufen und verflogen

Unsere
Liebe
hat
sich
verlaufen
und
ist
verflogen

Verweht

Unsere
Liebe
hat
der
Wind
verweht

Zu
vieles
was
zwischen
uns
steht

Unmerklich und unabänderlich

Mein
Gefühl
für
dich
löst
sich
auf
...unmerklich

Mein
Gefühl
für
dich
löst
sich
auf
...unabänderlich

Verblasst und vergessen

Irgendwann
wird
dein
Bild
in
meiner
Erinnerung
verblassen
und
dann
kann
ich
dich
vergessen

Unsere Zeit

Unsere
Zeit
blieb
stehen
und
es
war
klar
dass
unsere
Zeit
ganz
einfach
abgelaufen
war

Gebrochen

Eines
Tages
wirst
du
verstehen
dass
du
nicht
nur
mein
sondern
auch
dein
Herz
gebrochen
hast

Wieder

Es
ist
deine
Sonne
die
mir
wieder
scheint
denn
endlich
sind
wir
wieder
vereint

Kommen, gehen, warten oder bleiben

Liebe -
woher
kommst
du

Liebe -
wohin
gehst
du

Liebe -
warte
auf
mich

Liebe -
bleib
bei
mir

Du Liebe X

Du Liebe

hast mir
so vieles
gegeben

ich schenke dir
im Gegenzug
mein Leben

du Liebe

44 Glücks-Bringer

44 Gedanken
für die
glücklichen Stunden
des Lebens
-eingefangen in
 44 Glücks-Bringern…

Die Weise der Liebe

Ich spiele für dich
die Weise der Liebe
öffne dein Herz
und hör ihr zu

Sie erklingt in unterschiedlicher Gestalt
ist ewig jung und doch schon alt
ist immer gleich und ständig neu
ist wankelmütig und auch treu

Sie geht nie ganz verloren
wird immer wieder neu geboren
ist mal leise und mal laut
klingt immer wieder so vertraut

Sie hat unendlich viel zu geben
begleitet zärtlich unser Leben
hat keinen Anfang und kein Ende
nimmt uns sanft in ihre Hände

Ich spiele für dich
die Weise der Liebe
öffne dein Herz
und hör mir zu

Morgensonne

Licht
fällt
auf
mein
Gesicht
Morgensonne
die
durch
die
Wolken
bricht

Himmelwärts

Meine
Gedanken
ziehen
himmelwärts
ich
schicke
dir
unzählige
Sonnenstrahlen
in
dein
Herz

Die Wege der Liebe

Die
Wege
der
Liebe
sind
verschlungen
und
unberechenbar
führen
über
Umwege
aber
immer
vom
Start
zum
Ziel

Unsere Wege der Liebe

Unsere
Wege
der
Liebe
sind
nicht
geradlinig
sondern
verschlungen
aber
immer
untrennbar
miteinander
verbunden

Der Weg unseres Herzens

Der
Weg
meines
Herzens
führt
auf
direktem
Wege
zu
deinem
Herzen

Der
Weg
deines
Herzens
führt
auf
direktem
Wege
zu
meinem
Herzen

Der Weg unserer Herzen

Von	Von
mir	dir
zu	zu
dir	mir
führt	führt
der	der
Weg	Weg
unserer	unserer
Herzen	Herzen

Noch einmal?

Soll
ich
noch
einmal
probieren,
mich
an
dich
zu
verlieren?

Soll
ich
noch
einmal
riskieren,
mich
in
dir
zu
verlieren?

Diejenige welche

Ich
bin
diejenige
die
sich
dir
schenkt
diejenige
die
immer
an
dich
denkt

Niemandsland

Was	Wo
wäre	wäre
ich	ich
ohne	ohne
dich?	dich?
Ich	Ich
wäre	wäre
gefangen	verloren
im	im
Niemandsland...	Niemandsland...
Nimm	Gib
nur	mir
meine	deine
Hand!	Hand!

Zwischen den Stühlen

Mit	Mit
meinen	meinen
Gefühlen	Gefühlen
sitze	sitze
ich	ich
zwischen	zwischen
den	den
Stühlen	Stühlen
und	und
kann	kann
mich	mich
nicht	zwischen
entscheiden	euch
zwischen	beiden
euch	nicht
beiden	entscheiden

Mein Herz I

Mein Herz
hörst du denn nicht
wie es mit seinen eigenen Worten zu dir spricht
mein Herz

Mein Herz
es flüstert und schreit
es lacht und weint
mein Herz

Mein Herz
das dir so vieles sagen will
wird manchmal auch ganz still
mein Herz

Mein Herz
hörst du denn nicht
wie es ohne Worte zu dir spricht
mein Herz

Mein Herz II

Mein Herz
hörst du denn nicht
was es dir sagen will
mein Herz

Mal flüstert es dir zu
mal schreit es dich an
laut oder leise
aber immer auf seine Weise

Mal lacht es fröhlich
mal weint es bitterlich
leise oder laut
aber immer so vertraut

Mein Herz
hörst du denn nicht
was es dir sagen will
mein Herz

Zeitlos und bedingungslos

Mein
Gefühl
für
dich
ist
zeitlos
so
bedingungslos

Leicht und schwer

Mein
Herz
gerade
noch
leicht
wird
schwer
bei
jeder
Trennung
von
dir

Zurückgezogen

Wenn
ich
dir
mein
Herz
öffne
ziehst
du
dich
zurück
von
mir

Nicht einen einzigen Schritt

Ich
muss
lernen
zu
akzeptieren
dass
du
mir
nicht
einen
einzigen
Schritt
entgegenkommst

Liebesreise

Mein
Gefühl
für
dich
ist
vereist
unser
Garten
der
Sehnsucht
verwaist
die
Liebe
verreist

Auf Eis

Dein
Herz
ist
verreist
bis
zur
Wiederkehr
liegt
mein
Gefühl
für
dich
auf
Eis

Tragisch und unlogisch

Mein
Gefühl
für
dich

ist
voller
Tragik

folgt
keiner
Logik

Veraltet und erkaltet (noch gestern)

Mein	Mein
Gefühl,	Herz,
das	das
noch	noch
gestern	gestern
unsere	für
Liebe	dich
trug?	schlug?
Veraltet!	Erkaltet!

Mein Herz III

Mein Herz
hörst du denn nicht
was es dir verspricht
mein Herz

Es flüstert zu dir
es schreit nach dir
es lacht mit dir
es weint mit dir

Es ist auf seine Weise
laut oder leise
leise oder laut
aber immer so vertraut

Mein Herz
hörst du denn nicht
was es dir verspricht
mein Herz

Mein Herz IV

Mein Herz
hörst du denn nicht
was es zu dir spricht
mein Herz

Es flüstert und schreit
es lacht und weint
weil es sich so verhält
wie es ihm gerade gefällt

Es lässt sich nicht formen
es entspricht nicht allen Normen
es lässt dich los und hält dich fest
es nimmt dir alles und gibt dir den Rest

Mein Herz
hörst du denn nicht
was es zu dir spricht
mein Herz

Licht in der Dunkelheit

In
der
Dunkelheit
warst
du
mein
Licht
bedenke
dies
bevor
mein
Herz
endgültig
zerbricht

Blatt im Wind

Du
bist
wie
ein
Blatt
im
Wind
das
man
nicht
greifen
kann

Verstehen

Ich
lasse
dich
wieder
gehen
und
versuche
das
Schicksal
zu
verstehen

Ich
lasse
dich
wieder
gehen
und
versuche
das
Leben
zu
verstehen

Wunde Punkte

Stück
für
Stück
findest
du
meine
wunden
Punkte
bringst
sie
zur
Sprache
und
zerredest
sie

Belogen und betrogen

Worte	Worte
die	die
ich	du
von	von
dir	mir
hören	hören
möchte	möchtest
lege	lege
ich	ich
dir	mir
in	in
deinen	meinen
Mund	Mund
und	und
belüge	betrüge
uns	uns
beide	beide

Betrogen und belogen

Sich	Sich
selbst	selbst
betrügen	betrügen
sich	sich
selbst	selbst
belügen	belügen
sich	und
an	über
den	den
Rest	Verlust
von	der
Liebe	Liebe
klammern	jammern

Ausgetretene Pfade

Ich
verlasse
die
ausgetretenen
Pfade
unserer
Liebe
und
mache
mich
allein
auf
den
Weg
ohne
dich

Ganz neu

Neue
Horizonte
entdecken
zu
neuen
Ufern
aufbrechen
versuch
nicht
mich
aufzuhalten

Mein Herz V

Mein Herz
hörst du denn nicht
es schlägt nur für dich
mein Herz

Mein Herz
das schmilzt und vereist
ist allein und verwaist
mein Herz

Mein Herz
das dich so sehr vermisst
das dich niemals vergisst
mein Herz

Mein Herz
hörst du denn nicht
es schlägt nur für dich
mein Herz

Mein Herz VI

Mein Herz
hörst du denn nicht
wie es zu dir spricht
mein Herz

Mein Herz
das dich so sehr vermisst
dass es dich niemals vergisst
mein Herz

Mein Herz
das dich so sehr liebt
dass es dir alles vergibt
mein Herz

Mein Herz
hörst du denn nicht
wie es zu dir spricht
mein Herz

Keine Antwort

Ich
möchte
den
Schmerz
vertreiben
dir
keine
Antwort
schuldig
bleiben

Schuldig

Du
bleibst
mir
die
Antwort
schuldig
auf
all
meine
Fragen
was
soll
ich
dazu
noch
sagen

Sprachlos

Ich
bin
sprachlos
und
weiß
nicht
warum
irgendetwas
an
dir
macht
mich
stumm

Ungehört

Worte
die
ich
zu
dir
sagen
möchte
bleiben
ungehört
bis
das
Schweigen
unsere
Liebe
zerstört

Schweigsam

Wo
ist
unser
Traum
nur
unser
Schweigen
füllt
den
Raum

Schweigen

Worte
sind
verstummt
und
es
gibt
nichts
mehr
zu
sagen

Wie
lange
kann
ich
dieses
Schweigen
zwischen
uns
noch
ertragen

Schweigend

Es
läuft
nicht
immer
alles
nach
Plan
schweigend
sehen
wir
uns
an

Verschwiegen

Ich
habe
es
dir
bis
jetzt
verschwiegen
ich
kann
dich
nicht
mehr
lieben

Getrennt oder zusammen

Wir leben
unser Leben
- getrennt...

Dabei
möchte ich
mit dir
zusammen sein!

Glücklich sein mit dir

Etwas von dir
bleibt noch hier...
Ich wollte
glücklich sein
mit dir!

Etwas von mir
bleibt bei dir...
Ich wollte
glücklich sein
mit dir!

Sag, liebst du das Meer?

Sag, liebst du das Meer?

Das Meer ist so wie ich
es ist immer da für dich
es kommt und geht
es fließt und steht
es ist glatt und kräuselt sich
die Wellen biegen und brechen sich
es ist so nah und doch entfernt es sich
aber ich bin immer da für dich

Das Meer ist so wie ich
es ist immer da für dich
es schenkt Leben
kann es jedoch auch wieder nehmen
es lässt sich mit Worten nicht beschreiben
treu wird es sich ewig bleiben
nur die Gezeiten ändern sich
doch ich bin immer da für dich

Sag, liebst du das Meer?

50 Klang-Farben

50 klangvolle
und farbige
Begebenheiten des Lebens
-eingefangen in
 50 Klang-Farben…

UNSER LEBEN

Sinfonie
der
Klänge
und
Farben
das
ist
UNSER
LEBEN
hier
auf
Erden

Engel

Ob
arm
oder
reich
- Alle
  Engel
  fallen
  weich!

Ob
gewöhnlich
oder
apart
- Kein
  Engel
  fällt
  hart!

Himmel und Hölle

Ich
möchte
durch
dein
Lachen
und
Weinen
Himmel
und
Hölle
vereinen

Lange Zeit

Ich
habe
dich
mein
Leben
lang
gesucht...

Wo
warst
du
nur
so
lange
Zeit?

Heilen

Lass
mich
die
Wunden
heilen
die
das
Leben
dir
schlägt

Schöne Lügen

Du
machst
mir
Komplimente
und
ich
glaube
sie
im
Nu
denn
niemand
lügt
so
schön
wie
du

Spiegel und Spiegelbild

Ich
möchte
dein
Spiegel
sein
der
das
Leuchten
deiner
Augen
widerspiegelt

Ich
möchte
dein
Spiegelbild
sein
das
das
Leuchten
deiner
Augen
einfängt

Ich wünsche mir

Ich
wünsche
mir
dass
wir
uns
finden
und
uns
nie
mehr
aus
den
Augen
verlieren

Dein Blick

Ich
vermisse
deinen
Blick
der
mich
berührt
der
mich
verführt
und
mich
nie
aus
den
Augen
verliert

Ganz einfach so

Du
hast
mir
einfach
in
die
Augen
gesehen
und
ich
begann
zu
verstehen

Ein Herz und eine Seele

Ich
habe
in
deine
Seele
geblickt
und
Liebe
in
dein
Herz
geschrieben

Tief

Ich
möchte
tief
in
deine
Seele
sehen
den
Weg
mit
dir
gemeinsam
gehen

Zerbrechlich

Ich
schenke
dir
mein
Herz
und
hoffe
du
zerbrichst
es
nicht

Nichts und niemand

Ich
warte
auf
den
Tag
an
dem
nichts
und
niemand
mehr
zwischen
uns
steht

Endlose Liebe

Lass
uns
unsere
Gefühle
an
uns
selbst
verschwenden
denn
unsere
Liebe
soll
nie
enden

Verlieren, suchen und finden

Ich
wollte
mich
nicht
in
dir
verlieren
und
habe
dich
verloren

Nun
suche
ich
dich
und
finde
auf
dem
Weg
vielleicht
mich

Wege

Irgendwann
werden
wir
uns
aus
dem
Weg
gehen
und
uns
nicht
mehr
im
Weg
stehen

Gedanken an dich

Sie
sind
wieder
da
sie
verfolgen
mich
sie
lassen
mich
nicht
los
und
nicht
im
Stich
die
Gedanken
an
dich

Herzen und Seelen

Herzen
brechen
Seelen
erkalten
so
viel
versprochen
so
wenig
gehalten

Rote Rosen

Ich
weine
um
die
roten
Rosen
die
du
mir
nie
geschenkt
hast
ungeschenkt
verwelken
sie
in
mir

Verwelkte Rose

Für
mich
warst
du
nicht
bereit
eine
verwelkte
Rose
ist
alles
was
mir
von
dir
bleibt

Unser Pflänzchen der Liebe

Für
uns
warst
du
nicht
bereit
nun
ist
unser
Pflänzchen
der
Liebe
verdorrt
für
alle
Zeit

Aufgeblüht und verblüht

Unsere
Liebe
ist
verblüht
ohne
je
aufgeblüht
zu
sein

FARBENMEER

Meine
Liebe
zu
dir
taucht
meine
Welt
in
ein
FARBENMEER

REGENBOGEN

Du
bist
wie
ein
REGENBOGEN
und
vereinst
alle
Farben
in
dir

Aufgelöst

Wenn
ich
dir
tief
in
die
Augen
blicke
löst
du
dich
in
Luft
auf
und
verschwindest
im
Nichts

Nicht standhaft

Du
kannst
mir
nicht
in
die
Augen
sehen
hältst
meinem
Blick
nicht
stand

Dunkle Geheimnisse

Du
verbirgst
dunkle
Geheimnisse
in
dir
und
versteckst
diese
sorgfältig
vor
mir

Jedes Geheimnis

Ich
lüfte
jedes
Geheimnis
schneller
als
dir
lieb
ist

Deine Welt

Ich
fühle
mich
von
dir
betrogen
denn
deine
Welt
war
nur
erlogen

Dreist

Fassungslos
stehe
ich
vor
dir
und
kann
es
fast
nicht
glauben

Du
lügst
und
siehst
mir
dabei
auch
noch
in
die
Augen

Ausgewichen

Wenn
ich
dir
in
die
Augen
schaue
weichst
du
mir
aus
und
senkst
den
Blick

Schlechtes Gewissen

Ich
erahne
dein
schlechtes
Gewissen
hinter
deinen
niedergeschlagenen
Augen

Flucht

Du
hast
die
Flucht
ergriffen...

Vor
dir
oder
vor
mir?

Oder
sogar
vor
uns
beiden?

Verloren

Als
du
fortgingst
habe
ich
verloren
was
ich
nie
hatte

Abgetaucht

Du
bist
abgetaucht
ins
Nichts
ohne
jemals
zu
halten
was
du
mir
versprichst

Das gewisse Nichts

Du
hältst
nicht
was
du
mir
versprichst
und
dein
Blick
verliert
sich
im
Nichts

Verbrannt und verbannt

Du
hast
mir
die
längste
Zeit
meine
Seele
verbrannt

Ich
habe
dich
schon
längst
aus
meinem
Herzen
verbannt

Vergangen

Vergangen
sind
unsere
sonnenhellen
Tage
jetzt
stehen
wir
nur
noch
in
unserem
Schatten

Gebrochene Flügel

Die
Flügel
meiner
Liebe
sind
gebrochen

Sie
fliegen
nicht
mehr
zu
dir

Zu viele Tränen

Zu
viele
Tränen
sind
geflossen

Zu
viele
Tränen
wurden
vergossen

Frieren

Du
bist
gegangen
ohne
dich
umzudrehen

Hier
stehe
ich
nun
und
friere

Meine Gedanken

Meine
Gedanken
halten
mich
gefangen

Sag
warum
bist
du
fortgegangen

Unser Abschied

Du
bist
gegangen
und
mir
wurde
erst
später
klar
dass
dies
schon
unser
Abschied
war

Wieder allein

Alle
Pläne
verworfen
alle
Pläne
über
Bord
geworfen

Wieder
allein

Gefangen in Erinnerungen

Du
bist
fortgegangen
nun
halten
mich
meine
Erinnerungen
an
dich
gefangen

Meine Trauer

Du
bist
fort
und
ich
versinke
in
meiner
Trauer
um
dich

Schicksal und Schmerz

Wenn
ich
dich
nur
eine
ganz
kurze
Zeit
nahe
bei
mir
gehabt
und
dich
dann
wieder
verloren
hätte
hätte
ich
das
Schicksal
und
den
Schmerz
angenommen

Ewigkeit

Wenn
Raum
und
Zeit
entschwinden
beginnt
die
Ewigkeit

FARBENFROH

Wenn ich
dir begegne
sehe ich
ROT
denn wir
sind uns
nicht
GRÜN
vor Neid
und Missgunst
bist du
GELB
und
vor Kummer
bin ich
BLAU
meine Brille
war
einmal
ROSAROT
jetzt ist
meine Welt
leider
GRAU
für
unsere Zukunft
sehe ich
SCHWARZ
vielleicht ist
der letzte Versuch
mal wieder
LILA

50 Freuden-Tränen

50 freudige
und traurige
Begebenheiten des Lebens
-eingefangen in
 50 Freuden-Tränen…

Luftschloss und Kartenhaus

Komm
und
zieh
zu
mir
in
mein
Luftschloss
ich
erwarte
dich
hoch
zu
Ross

Komm
und
zieh
mit
mir
in
mein
Kartenhaus
es
ist
nicht
auf
Sand
gebaut

Himmelsrichtung

Wo
soll
ich
anfangen
dich
zu
suchen
ohne
deine
Himmelsrichtung
zu
kennen

Sternschnuppennacht

Ein
Blick
zwischen
dir
und
mir
und
Liebe
beginnt
ganz
sacht
in
dieser
Sternschnuppennacht

Wegweiser

Du
bist
wie
ein
leuchtender
Stern
der
mir
meinen
Weg
weist

Morgenstern und Abendstern

So
nah
und
so
fern
du
bist
mein
Morgenstern

Ich
habe
dich
so
gern
du
bist
mein
Abendstern

Rosa Wolken und Sterne

Unsere
Liebe
trägt
uns
auf
rosa
Wolken
gebettet
zu
den
Sternen

Wolke Sieben und Siebter Himmel

Unsere
Liebe
trägt
uns
auf
Wolke
Sieben
in
den
Siebten
Himmel

Firmament

Du
bist
der
hellste
Stern
an
meinem
Firmament

Horizont

Ich
werde
dir
folgen
bis
zum
Horizont

Aus großer Höhe

Aus
großer
Höhe
ist
der
Sturz
umso
schmerzlicher

Unsanfte Landung

Gefallen
vom
Himmel
unsanft
gelandet
auf
dem
Boden
der
Tatsachen

Himmelssterne

Danke
für
die
Sterne
die
du
mir
nie
vom
Himmel
geholt
hast

Himmelszelt

Du
bist
fortgegangen
und
der
hellste
Stern
an
meinem
Himmelszelt
ist
erloschen

Gesichter der Liebe

Liebe
hat
viele
Gesichter
sie
erzählen
viele
Geschichten

Wunder der Liebe

Suchen
und
finden
immer
weiter
und
immer
wieder

Wunder
der
Liebe

Geheimnis der Liebe

.

Komm
und
lüfte
mit
mir
das
Geheimnis
der
Liebe

Spiel der Liebe

Komm
und
spiel
mit
mir
das
Spiel
der
Liebe
ohne
Anfang
und
ohne
Ende

Labyrinth der Liebe

Ich
habe
mich
verirrt
im
Labyrinth
der
Liebe

Feuer der Liebe

Das
Feuer
der
Liebe
brennt
immer
noch
in
mir...

Hört
das
denn
nie
auf
mit
dir
und
mir?

Zauber der Liebe

Der
Zauber
der
Liebe
ist
verflogen
und
ich
fühle
mich
so
verloren
ohne
dich

Flügel der Liebe

Deine
Liebe
verleiht
mir
Flügel
auch
wenn
sie
nur
da
sind
um
vor
dir
zu
flüchten

Karte der Liebe

Ich
habe
alles
auf
die
Karte
der
Liebe
gesetzt
und
alles
verloren

Andenken der Liebe

Du
gingst
fort
und
nahmst
meine
Liebe
mit

Meine
Sehnsucht
nach
dir
hast
du
hier
zurückgelassen

Nur durch Blicke

Ein
Blick
von
dir
zu
mir...

Ein
Blick
von
mir
zu
dir...

Wir
verstehen
uns
auch
ohne
Worte!

Wortlos

Du
ziehst
mich
einfach
so
in
deinen
Bann
wortlos
sehen
wir
uns
an

Berührt

Nur
durch
deine
Blicke
und
ohne
große
Worte
hast
du
mein
Herz
und
meine
Seele
berührt

Goldwaage

Jede
Antwort
jede
Frage
jedes
Wort
liegt
auf
der
Goldwaage

Zerschlagene Hoffnung

Du
hast
jede
Hoffnung
in
mir
zerschlagen
ohne
auch
nur
ein
Wort
zu
sagen

Verstummt

Wir
sind
verstummt
kein
Wort
steht
zwischen
uns

Unausgesprochen

Vieles
blieb
unausgesprochen
dadurch
hast
du
mein
Herz
gebrochen

Ungesagt

Wir
haben
zu
vieles
immer
wieder
vertagt
zu
vieles
blieb
dadurch
ungesagt

Stille

Du
bist
nicht
mehr
hier
und
Stille
breitet
sich
aus
in
mir

Ruhe kehrt ein

Unsere
Wege
trennen
sich
hier
und
Ruhe
kehrt
ein
in
mir

Gestern, heute und morgen

Gestern
Morgen
haben
wir
uns
endlich
gefunden...

Heute
Abend
haben
wir
uns
wieder
verloren...

Morgen
Nacht...
Werden
wir
uns
endlich
wiederfinden?

Verlieren und wiederfinden

Ich
habe
dich
verloren
im
tiefsten
Dunkel
der
Nacht...

Werde
ich
dich
wiederfinden,
wenn
ein
neuer
Tag
erwacht?

Schatten der Nacht

Ich
möchte
bei
dir
bleiben
und
mit
dir
die
Schatten
der
Nacht
vertreiben

Dunkel der Nacht

Ich
blicke
in
das
Dunkel
der
Nacht
denke
an
dich
und
hoffe
du
vergisst
mich
nicht

Deine Wärme

Deine
Wärme
überdauert
die
kälteste
Nacht
bis
ein
neuer
Tag
erwacht

In meinen Träumen

Tauch
in
meine
Träume
ein
und
lass
mich
heute
Nacht
in
meinen
Träumen
nicht
allein

Schönste Träume

Aus
Angst
etwas
zu
versäumen
weckst
du
mich
und
reißt
mich
aus
den
schönsten
Träumen

Traumbild

Mit
uns
lief
alles
verkehrt
nun
ist
mein
Traumbild
von
uns
verzerrt

Verirrt und geirrt

Du
hast
dich
in
meinen
Träumen
verirrt

Du
hast
dich
in
meinen
Gefühlen
geirrt

Spät

Spät
aber
nicht
zu
spät
bin
ich
aufgewacht
aus
meinem
Traum
spät
aber
besser
spät
als
nie

Scherben

Träume
sterben
und
mein
Herz
liegt
in
Scherben

Klar

Träume
werden
oft
nicht
wahr
und
ich
sehe
wieder
klar

Traumverloren

Du
bist
nicht
mehr
hier
und
ich
verliere
mich
in
Träumen
von
dir

Traumloser Schlaf

Seit
du
nicht
mehr
bei
mir
bist
kann
ich
nicht
mehr
träumen

Traumloser
Schlaf

Alptraum

Du
bist
der
Alptraum
aus
dem
ich
nicht
erwachen
kann

Glassplitter

Von
unseren
Träumen
blieben
nur
Splitter
zerbrochen
ist
das
Glas
und
geblieben
ist
nur
Hass

Trost

Trauer
Verzweiflung
Depression
Melancholie

...doch
  in
  der
  Nacht
  singt
  eine
  kleine
  Grille
  ihr
  Lied

www.ingramcontent.com/pod-product-compliance
Lightning Source LLC
Chambersburg PA
CBHW072354030726
47505CB00014B/1818